AF312745

HONO
IMPRIMERIE DE L'ART

5 Avril 1883. V

VENTE

des Jeudi 5 et Vendredi 6 Avril 1883

HOTEL DROUOT, SALLE Nᵒ 8

A 2 HEURES.

COLLECTION DE

FAIENCES ANCIENNES

DES FABRIQUES

ITALIENNES, FRANÇAISES & HOLLANDAISES

PORCELAINES

de Sèvres, de Saxe, de Chine et du Japon

OBJETS D'ART

DÉPENDANT DE LA

COLLECTION DE FEU M. LE Dʳ G.

TAPISSERIES ANCIENNES

—o-o:o:o-o—

EXPOSITION PUBLIQUE

Le Mercredi 4 Avril 1883

De 1 heure à 5 heures.

—o-o:o:o-o—

Commissaire-priseur,	Expert,
Mᵉ P. CHEVALLIER	**M. Ch. MANNHEIM**
Succʳ de **Mᵉ Ch. Pillet**	7, rue Saint-Georges.
10, rue Grange-Batelière, 10.	Paris.

CATALOGUE

DE

FAIENCES ANCIENNES

DES FABRIQUES

ITALIENNES, FRANÇAISES & HOLLANDAISES

Faïences de Delft rehaussées d'or
Belles faïences de Rouen, de Moustiers, de Strasbourg
de Nevers et de Marseille
Plats de B. Palissy — Porcelaines de Sèvres et de Saxe
Porcelaines de la Chine et du Japon
Bronzes d'art — Fers ouvrés — Belles clés du xvie siècle
Orfèvrerie — Bois et ivoires sculptés
Objets de vitrine — Matières premières, etc.

Dépendant de la Collection de feu M. le Dʳ G.

TAPISSERIES ANCIENNES

Trois beaux lustres garnis de cristaux

DONT LA VENTE AURA LIEU

HOTEL DROUOT, SALLE Nᵒ 8

Les Jeudi 5 et Vendredi 6 Avril 1883, à 2 heures

COMMISSAIRE-PRISEUR

Mᵉ PAUL CHEVALLIER, Succʳ de Mᵉ CH. PILLET
10, rue de la Grange-Batelière, 10

EXPERT

M. CH. MANNHEIM, 7, rue Saint-Georges

Chez lesquels se trouve le catalogue.

EXPOSITION PUBLIQUE : le Mercredi 4 Avril 1883
De une heure à cinq heures.

CONDITIONS DE LA VENTE

Elle sera faite au comptant.

Les adjudicataires payeront *cinq pour cent* en sus des enchères.

L'exposition mettant le public à même de se rendre compte de l'état des objets, aucune réclamation ne sera admise une fois l'adjudication prononcée.

Paris — Imp. de l'Art, J. Rouam, 41, rue de la Victoire.

DÉSIGNATION DES OBJETS

FAIENCES ITALIENNES

1 — Coupe ronde en ancienne faïence de Faenza à dragons et cariatides gaufrés en relief et portant au centre un écusson armorié en couleurs et des fleurs arabesques en bleu au bord.

2 — Coupe ronde en faïence d'Urbino repoussée à bossages, décorée de palmettes et d'ornements sur fond varié de nuances et offrant au centre un saint personnage debout sur fond jaune.

3 — Plat rond en faïence de La Frata, à décor gravé sous engobe à ornements blancs sur fond jaune et écusson armorié au centre.

4 — Petite coupe ronde repoussée à bossages et à mascarons à l'intérieur, en ancienne faïence italienne émaillée bleu uni et offrant à son centre une figurine d'amour.

5 — Deux petits plats en faïence d'Urbino, décorés de deux armoiries, de deux figures d'amours et de grotesques.

6 — Fabrique de Deruta. Vase à panse sphérique, à piédouche et à deux anses, décoré de godrons simulés et d'imbrications en bleu et blanc sur fond vert à reflets métalliques.

7 — Fabrique de Pesaro. Deux vases en forme de pomme de pin sur piédouche, fond mordoré à reflets métalliques.

8 — Faïence italienne. Vase de pharmacie décoré en bleu et jaune.

9 — Buire en forme de dragon ailé en faïence d'Urbino.

10 — Vase décoré de grotesques en jaune, vert et bleu.

11 — Plat en faïence de Trévise, bordure gaufrée à
fleurs sur fond manganèse, décoré d'un amour
au centre.

12 — Aiguière à panse godronnée en faïence de
Savone.

13 — Assiette en faïence de Castelli à rinceaux et
figures d'amours au marli et sujet de chasse
au centre.

14 — Assiette en faïence de Castelli offrant au centre
une scène d'intérieur, et au bord, des rinceaux et des figures d'amours, avec rehauts
d'or.

15 — Plat creux de même fabrique; au centre, un
marchand de fruits ; au bord, des amours
jouant dans des rinceaux.

FAIENCES DE DELFT

16 — Deux petits vases balustres en ancienne faïence
de Delft à compartiments de fleurs et d'oiseaux dans le style japonais en bleu, rouge
et or.

17 — Théière de forme octogone surbaissée et à côtes en ancienne faïence de Delft à décor polychrome.

18 — Potiche en ancienne faïence de Delft, décor polychrome à fleurs à l'imitation des porcelaines de Chine de la famille rose.

19 — Deux écureuils formant burettes, en ancienne faïence de Delft, décorés au naturel.

20 — Potiche à pans en ancienne faïence de Delft, à décor vert et rouge.

21 — Flacon hexagone en ancienne faïence de Delft, décor d'arabesques en vert et rouge.

22 — Théière et pot à lait en faïence de Delft polychrome.

23 — Deux assiettes en ancienne faïence de Delft, décor polychrome rehaussé d'or, à vase de fleurs au centre et ornements au bord, dans le goût japonais.

24 — Assiette en vieux Delft polychrome, décorée au centre d'un pavillon chinois et au marli de réserves de fleurs.

25 — Deux compotiers à bord festonné en ancienne
faïence de Delft, décor chinois à compartiments de figures et de vases en couleurs.

26 — Assiette en ancienne faïence de Delft à décor
bleu, rouge et or rehaussé de vert, dans le
style japonais.

27 — Assiette en ancienne faïence de Delft, décor
bleu, rouge et or, style japonais.

28 — Assiette en ancienne faïence de Delft, décor
polychrome rehaussé d'or. Au centre, écusson
avec aigle noir couronné ; au bord, les chiffres
F. R. en or alternant avec des aigles cou-
ronnés.

29 — Assiette en faïence de Delft bleu, rouge et or,
décor japonais avec arbuste au centre.

30 — Deux petits plats en ancienne faïence de Delft,
décor polychrome de style japonais, bordure
quadrillée à réserves ; au centre, rocher, perroquet et chimère.

31 — Assiette à bord contourné en ancienne faïence
de Delft, décor polychrome à fleurs et oiseaux
de style chinois.

32 — Assiette en ancienne faïence de Delft à décor
de style coréen polychrome.

33 — Deux petits plats en ancienne faïence de Delft,
à décor bleu avec armoiries au centre.

34 — Assiette en ancienne faïence de Delft, décor
bleu ; au centre, une armoirie ; au marli des
têtes d'enfants dans des ornements très finement exécutés.

35 — Sept assiettes en ancienne faïence de Delft,
décor bleu à fleurs arabesques.

36 — Bouteille à huit pans en ancienne faïence de
Delft, décor bleu à fleurs et oiseaux.

37 — Flambeau en ancienne faïence de Delft, à décor
bleu et ornements en relief.

38 — Deux petites tasses sans anse et une buire en
ancienne faïence de Delft, décor bleu à fleurs
et oiseaux.

39 — Quatre pièces : théière de forme octogone
en faïence de Delft, décor bleu, une tasse
polychrome et deux soucoupes.

40 — Dessus de brosse en faïence de Delft, décoré
d'une figure de femme debout.

41 — Deux potiches à pans en faïence de Delft à
décor bleu.

42 — Curieuse plaque de forme losangée à angles
arrondis et rentrants en ancienne faïence de
Delft, portant au revers les initiales M. V. R.
et la date de 1720. Elle représente l'entrée
de la Banque de Law dans la rue Quincam-
poix. Le sujet, composé d'un grand nombre
de figures, est encadré d'ornements et de
fleurs, le tout en camaïeu bleu.

43 — Jolie bouteille à long col droit en ancienne
faïence de Delft, décor polychrome à fleurs
et ornements.

44 — Plat rond, décor bleu : large écusson armorié
au centre mi-partie d'Orléans et ornements au
marli.

45 — Plat en faïence, décoré à l'imitation des faïences de Rhodes.

46 — Cafetière conique en faïence de Delft, décor
bleu.

47 — Flacon à thé en Delft, décor polychrome.

FAIENCE DE PALISSY

48 — Coupe ronde à bord festonné et décor de
mascarons en faïence de Bernard Palissy.

49 — Plat ovale en faïence de Bernard Palissy, décoré
de reptiles et de coquillages.

FAIENCES DE ROUEN

50 — Pichet à cidre à couvercle en ancienne faïence
de Rouen, décor polychrome à fleurs, oiseaux
et ornements rocaille. Il porte l'inscription
suivante : *François St Martin, 1782*.

51 — Pichet de même faïence, décor polychrome à
arbustes, fleurs et oiseaux.

52 — Grand plat rond en ancienne faïence de Rouen, à décor bleu. Rosace au centre, lambrequins au pourtour et lambrequins et fleurettes au marli.

53 — Plat analogue de même faïence à décor bleu à large rosace au centre et lambrequins rayonnant au marli et à la chute.

54 — Deux bouteilles à panse sphérique et col droit, décor polychrome à ornements et mascarons.

55 — Saladier rond à côtes en vieux Rouen, à décor bleu, rosace au fond et feuilles et ornements au bord.

56 — Joli pichet en ancienne faïence de Rouen, à rosaces découpées à jour et décor polychrome à fleurs et oiseau sur le couvercle. Initiales P. A. T. et la date de 1776.

57 — Encrier à bourrelet circulaire disposé pour recevoir une éponge, en ancienne faïence de Sinceny, décor polychrome de style chinois.

58 — Assiette en ancienne faïence de Rouen, décor polychrome, paysage au centre et compartiments de fleurs au marli avec entre-deux à fond bleu.

59 — Trois assiettes en ancienne faïence de Rouen, décor polychrome dit au carquois.

60 — Assiette de même faïence, décor polychrome à corbeille de fleurs au centre, ornements, festons et quadrillages au bord.

61 — Assiette en ancienne faïence de Rouen, décor bleu; au centre, une corbeille de fleurs; au bord, lambrequins, ornements et une armoirie.

62 — Plat oblong en vieux Rouen, décor polychrome au carquois.

63 — Petit pichet à anse et couvercle en ancienne faïence de Rouen, décor polychrome d'entrelacs et de fleurs.

FAIENCES DIVERSES

64 — Jolie écuelle à deux anses plates et son couvercle en ancienne faïence de Moustiers, très finement décorée de quatre médaillons, sujets mythologiques entourés de guirlandes de fleurs.

65 — Petit tonnelet en faïence de Moustiers décoré de ceps de vigne; il offre sur un des côtés les initiales B. L.

66 — Aiguière à panse en forme de polyèdre, à piédouche et à anse torsade en ancienne faïence de Nevers, décor bleu à fleurs et paysages dans le goût chinois.

67 — Joli pot à eau et sa cuvette de forme oblongue à contours en ancienne faïence de Marseille, fond vert d'eau, finement décoré de fleurs en couleurs et ornements d'or. Le bouton du couvercle est formé d'un bouquet de fleurs. Marque de la veuve Perin. Pièce rare.

68 — Bouteille à panse sphérique et goulot renflé en ancienne faïence de Nevers, à décor bleu dans le goût chinois.

69 — Pot à tabac en forme de potiche en ancienne faïence de Nevers, à fond bleu marbre; couvercle en étain.

70 — Théière et un bourdalou en faïence du Midi, décor polychrome.

71 — Écuelle à couvercle et son plateau en faïence
du temps de Louis XVI, finement décorée
d'attributs de l'hyménée et de fleurs.

72 — Deux figurines de Jardinier et de Jardinière en
faïence de Niederviller, et un bout de table :
Marchande de légumes entre deux paniers.

73 — Figurine de Petit Marchand de légumes en
faïence de Niederviller, et figurine d'Enfant
en faïence de Hoechst.

74 — Groupe de deux Enfants bergers en faïence de
Hoechst.

75 — Deux petits bouts de table en ancienne faïence
de Lorraine, à fleurs et oiseaux, ornés
chacun d'une figurine d'enfant.

76 — Grand plat oblong à contours en ancienne
faïence de Strasbourg, décor polychrome à
larges fleurs et insectes.

77 — Vase ovoïde à couvercle en faïence jaunâtre
rappelant celle de Wedgwood, décoré d'ornements et de feuilles en relief rehaussés de
bleu. Il porte le sigle H. E.

78 — Deux vases à panse hémisphérique, col conique cannelé, et à deux anses à mascarons en faïence de Lorraine, décor polychrome.

79 — Suspension découpée à jour en faïence de Moustiers, à décor bleu et à trois branches porte-lumières.

80 — Plat rond à bords festonnés de même faïence, décor bleu, fleurs au centre, ornements au marli.

81 — Plat rond à bords festonnés en faïence de Strasbourg, décor polychrome à branches de chardons.

82 — Plat rond à bords festonnés en faïence de Lunéville, décor polychrome à fleurs.

83 — Écuelle ronde à deux anses formées de branchages et à couvercle surmonté d'un fruit, en faïence de Lorraine (?), décor polychrome à animaux et oiseaux dans des paysages.

84 — Deux assiettes en ancienne faïence de Marseille, décor polychrome rehaussé d'or, à fleurs et médaillon central contenant un papillon. Elles portent la marque de la veuve Perin.

85 — Quatre assiettes à bords festonnés, décor polychrome, oiseaux sur arbuste au centre et
guirlandes de fleurs au marli.

86 — Deux assiettes en faïence de Lorraine, à bords
festonnés, décor polychrome à oiseaux et
ornements au centre, et ornements au marli.

87 — Potiche en faïence de Perse bleu turquoise.

88 — Quatre pièces : une cafetière, une petite théière,
un pot à crème et une saucière en faïence de
Lorraine marbrée.

89 — Quatre statuettes des Saisons en faïence alle-
mande.

90 — Pot-attrape et buire en faïence du Midi, à
décor polychrome.

91 — Deux pots-attrape en forme de hanap en terre
brune d'Avignon, à ornements en relief
émaillés vert.

92 — Vase surbaissé à couvercle et broc en faïence
hispano-moresque à reflets métalliques.

93 — Hanap formé d'une sirène en faïence du Midi, décor en jaune et bleu.

94 — Pot-attrape à deux anses en terre émaillée du Midi.

95 — Deux vases brûle-parfums de forme sphérique à piédouche en terre émaillée vert.

96 — Cuiller à soupe en faïence ancienne décorée de fleurs.

97 — Cafetière et pot à lait en faïence jaune d'Allemagne à décor de fleurs et d'oiseaux.

98 — Deux flacons en faïence de Perse verte à ornements en relief.

99 — Vase à double fond à large ouverture et à une anse en faïence de Perse à décor bleu.

100 — Petit plat en ancienne faïence de Nevers, décoré en bleu et manganèse dans le goût chinois à figures.

101 — Soucoupe en ancienne faïence de Moustiers, à festons de fleurs à médaillons ; au centre : Enlèvement de Déjanire par le centaure.

⋆⋆

102-105 — Quinze assiettes en faïence de diverses
fabriques françaises à décors variés à fleurs,
sujets mythologiques et armoiries.

106 — Vase en faïence de Nevers à décor d'arabesques en bleu.

107 — Cinq pièces en faïence persane à décor polychrome : un flacon, deux tasses, deux soucoupes et une coupe à couvercle.

108 — Sept assiettes en ancienne faïence de Moustiers, décorées d'une armoirie au centre.

109 — Petit plat à contours en ancienne faïence de
Moustiers, décor bleu d'après Berain.

110 — Deux assiettes en faïence de Strasbourg à
bordure ajourée et décorées de roses.

111 — Assiette en faïence de Marseille à bordure
ajourée avec écusson, armoirie au centre.

112 — Plat oblong à contours en ancienne faïence
de Moustiers, décor polychrome à figures
chinoises et fleurs.

113 — Plat oblong en faïence de Moustiers, décor de fleurs.

114 — Joli petit encrier à couvercle en faïence de Sceaux, décoré de paysages et muni d'un bougeoir.

PORCELAINES DE SÈVRES

ET AUTRES

115 — Deux jolies plaques rondes en vieux Sèvres pâte tendre, fond bleu turquoise, représentant deux oiseaux dans un paysage encadré d'orments d'or.

116 — Petite écuelle à deux anses avec couvercle et son plateau en vieux Sèvres pâte tendre, décorée de bouquets de roses, de filets bleus et de rehauts d'or.

117 — Deux plateaux triangulaires en vieux Sèvres pâte tendre, décorés de bouquets de fleurs.

118 — Saladier en vieux Sèvres pâte tendre, décoré de fleurs et de filets bleus rehaussés d'or.

119 — Assiette octogone en vieux Sèvres pâte tendre,
décorée d'oiseaux et de guirlandes avec
rehauts d'or.

120 — Cabaret en porcelaine de Saint-Pétersbourg,
décor à médaillons de paysages et de sujets
maritimes animés de figures. Il est composé
d'un plateau ovale, une cafetière, une théière,
un flacon à thé, une tasse avec soucoupe et
un pot à lait.

121 — Sept tasses et leurs soucoupes en porcelaines
diverses.

122 — Tasse et sa soucoupe en porcelaine d'Amstel
à fleurs.

123 — Chocolatière en porcelaine de Frankenthal
gaufrée à imbrications et décorée d'un bouquet de fleurs.

123 *bis* — Petite boîte formée d'un mouton couché,
en porcelaine tendre blanche.

124 — Sucrier en Saxe avec son plateau, décoré de
fleurs et garni de deux anses têtes de béliers
et guirlandes de lauriers en relief et dorés.

125 — Figure de piqueur avec son chien, en porcelaine blanche.

126 — Douze assiettes en porcelaine tendre d'Arras, décorées de fleurs.

PORCELAINES DE SAXE ET AUTRES

127 — Soupière oblongue à deux anses et avec plateau en ancienne porcelaine d'Allemagne, à ornements gaufrés et décor polychrome à fleurs. Le couvercle est surmonté d'un groupe de deux figures d'enfant.

128 — Deux corbeilles ajourées, en ancienne porcelaine de Saxe, à anses formées de branchages et à fleurettes en relief. Elles sont décorées chacune de deux médaillons : sujets Watteau.

129 — Figure de pêcheur, en vieux Saxe.

130 — Groupe de cinq figures en vieux Saxe : le Triomphe de Bacchus.

131 — Groupe de deux figures en vieux Saxe : le Massacre des Innocents.

***

132 — Deux petits sangliers en vieux Saxe, décorés
au naturel.

133 — Cache-pot en vieux Saxe, décoré de fleurs.

134 — Garniture de trois vases en ancienne porcelaine de Frankenthal, fond rouge, ornés de
figures de femme en ronde-bosse et dorées.

135 — Boîte oblongue en vieux Saxe, décorée de
fleurs. Monture à charnière en argent.

136 à 140 — Diverses assiettes en ancienne porcelaine de Saxe et porcelaine d'Allemagne.

141 — Grand plat en vieux Saxe, décoré d'un animal,
de fleurs et de papillons.

142 — Deux tasses avec soucoupes et un petit sucrier
à couvercle en vieux Saxe gaufré à fleurs.

143 — Théière, une tasse sans anse et sa soucoupe,
en vieux Saxe, décor à médaillons de figures
chinoises et ornements d'or.

144 — Écuelle à deux anses, avec couvercle et plateau, deux tasses et deux soucoupes, en vieux
Saxe à décor de scènes chinoises et ornements d'or.

145 — Cinq pièces : deux petites boîtes rondes à
couvercle et une boîte à thé en vieux Saxe,
à fleurs, plus deux petits coquetiers.

146 — Tasse à deux anses et sa soucoupe en vieux
Saxe, fond jaune à fleurs.

147 — Quatre pots à crème, en porcelaine de Saxe
et d'Allemagne, à décors variés de fleurs.

148 — Théière et deux tasses avec soucoupes en
vieux Saxe, décor japonais.

149 — Écuelle en porcelaine de Nymphenbourg et
deux plateaux formés de feuilles en porcelaine de Mayence.

150 — Pot à lait en vieux Saxe, décoré de sujets
chinois en or.

151 — Une théière décorée de fleurs, une boîte à
thé et deux tasses avec soucoupes, décorées
en camaïeu carmin.

152 — Hanap en porcelaine de Mayence, décoré
d'un bouquet de fleurs.

153 — Tasse en vieux Saxe et son présentoir, bordure gaufrée et décor de fleurs.

154-155 — Cinq pièces : tasse et sa soucoupe, pot à
crème avec couvercle, une soucoupe, une
salière et deux petits bougeoirs en ancienne
porcelaine de Saint-Cloud, à décor bleu.

156 — Deux tasses droites et leurs soucoupes en
ancienne porcelaine de Sèvres, pâte tendre,
décor de fleurs en camaïeu bleu.

157 — Deux paires de crémiers en ancienne porcelaine de Sèvres, pâte tendre, décors variés
à fleurettes.

158 — Tasse et sa soucoupe en vieux Sèvres, pâte
tendre, fond bleu turquoise, à médaillons
d'oiseaux, rehaussés d'or.

159 — Sucrier en vieux Sèvres, pâte tendre, à fleurs,
filets bleus et rehauts d'or.

160 — Pot à eau octogone, en ancienne porcelaine
tendre de Chantilly, à décor coréen à fleurs.

161 — Tasse et sa soucoupe en vieux Sèvres, pâte
tendre, à bouquet de fleurs.

162 — Figurine d'enfant à califourchon sur un chien,
en ancienne porcelaine tendre de Menecy.

163 — Petit vase à piédouche en vieux Sèvres, pâte
tendre, décoré de roses en camaïeu carmin.

164 — Six tasses avec soucoupes en ancienne porcelaine tendre, décorées de festons de fleurs
rehaussés d'or.

PORCELAINES DE CHINE

ET DU JAPON

165 — Garniture de cinq vases en ancienne porcelaine de Chine, décorés de fleurs en couleurs
sur fond filigrané de rose. Ils sont garnis de
montures en bronze.

166 — Deux vases en forme de balustre à pans, en
ancienne porcelaine du Japon à décor en bleu,
rouge et or, à figures, fleurs et ornements.

167 — Plat rond et creux en ancienne porcelaine de
l'Inde, décor bleu et or portant un grand
nombre d'inscriptions turques.

168-169 — Divers plats en ancienne porcelaine du
Japon à décors variés. (Ce lot sera divisé.)

170 — Deux petits bols à pans en ancienne porcelaine de Chine, décorés de paysages avec
figures.

171 — Deux potiches en porcelaine de Chine à médaillons de figures et fond de rosaces.

172 — Deux petits cache-pots octogones en porcelaine de Corée.

173 — Flacon à panse sphérique et théière en
vieux Chine, décor de papillons et de fleurs
en émaux de la famille verte.

174 — Buire et pot à anse en vieux Japon à décor
bleu.

175 — Théière cylindrique en vieux Chine émaillé
en couleurs à figures européennes.

176 — Deux petites potiches en porcelaine du Japon
bleu, rouge et or.

177 — Théière, six tasses et soucoupes en ancienne porcelaine de Chine, décor bleu à
armoiries dorées.

178 — Saucière à couvercle et son plateau à contours, en ancienne porcelaine de l'Inde, à
feuillages et coquilles en relief.

179 — Saucière à deux anses en vieux Chine à fleurs.

180 — Bol en vieux Chine à décor de perroquets.

181 — Bol à bord plat et un crachoir en vieux Japon
rehaussé d'or.

182 — Petite bouteille en vieux Chine, décorée d'un
pêcher.

183 — Bouteille à panse sphérique en vieux Chine
polychrome.

184 — Deux flacons cylindriques en vieux Japon,
décor bleu de roi à lambrequins et attributs.

185 — Chope en ancienne porcelaine de l'Inde, fond bleu à œils de perdrix et médaillons de figures en couleurs.

186 — Chocolatière en vieux Japon bleu, rouge et or.

187 — Flacon carré en vieux Chine, décoré de grues sacrées, de fleurs et d'attributs.

188 — Petit bol à couvercle en porcelaine de Chine, fond bleu gravé à fleurs arabesques en couleurs. Époque de Kien-long.

189 — Sept pièces en vieux Chine bleu fouetté rehaussé d'or : trois buires sur un plateau, une théière et deux pots à crème.

190 — Cafetière en porcelaine de l'Inde, à jeté de fleurs et armoiries.

191 — Deux beaux plats en vieux Japon à décor bleu à vases, arbustes et ustensiles divers.

192 — Plat en vieux Chine à décor de fleurs et papillons en or.

193 — Cafetière à fond brun en vieux Chine et un petit vase, bleu d'eau, gravé à fleurs émaillées.

194 à 198 — Environ cinquante-huit pièces : tasses, soucoupes, bols en porcelaine de Chine et du Japon de décors variés.

199 — Deux buires en ancienne porcelaine du Japon à décor bleu, et un vase à deux goulots.

200 — Gobelet à couvercle et bol avec présentoir en vieux Japon bleu, rouge et or.

201 — Deux bols en porcelaine de Chine surdécorés et un bol décoré en rouge de fer.

202 — Vase en porcelaine de Chine formé d'un éléphant, décor bleu.

203 — Deux compotiers octogones en ancienne porcelaine du Japon, décor bleu, rouge, vert et or.

204 — Huit petits compotiers en vieux Chine émaillé en couleurs à décor de dragons dans les flammes.

205 — Une coupe en vieux Japon, décor à compartiments d'ornements en relief, en rouge de fer, bleu et or.

206 — Deux plats en Japon, décorés au marli de quatre cartouches quadrillés réservés sur fond bleu, et au centre de divers ornements et d'un perroquet peint sur une feuille.

207 — Théière en forme de fruit, en vieux Chine à fond rouge de fer, à réserves.

208 — Coupe ronde à couvercle en vieux Japon, décor bleu, rouge et or.

209 à 215 — Plats de différentes dimensions et de décors variés en ancienne porcelaine du Japon.

216 — Deux petites bouteilles en vieux Chine, fond bleu fouetté à rehauts d'or.

217 — Pot à anse en vieux Japon à décor bleu.

218 — Plat en vieux Chine décoré en émaux de la famille verte, à compartiments de vases et attributs divers.

219 — Plat en vieux Chine décoré en émaux de la famille verte, rocher et arbustes.

220 — Grand plat en porcelaine de Chine décoré d'un
paysage en bleu au fond, et de trois branches
de fleurs rehaussées d'or au bord.

221 — Deux plats creux en vieux Chine bleu fouetté,
à compartiments de fleurs en or.

222 — Deux compotiers en vieux Chine décorés
d'armoiries.

223 — Quatre assiettes octogones en vieux Chine, de
deux dessins, en émaux de la famille rose.

224 — Six pièces, plats et assiettes, en ancienne
porcelaine de Chine, de décors variés.

225 — Flacon en porcelaine de Chine, fond jaune à
ornements bleus.

226 — Deux flacons hexagones en vieux Japon à
décor bleu.

227 — Diverses pièces : vases, tasses, soucoupes,
plats et assiettes en porcelaine de Chine et du
Japon.

BRONZES D'ART

228 — Figure d'homme debout, les bras croisés sur la tête. Bronze florentin du xvie siècle.

229 — Lampe formée d'un sphinx assis, en bronze italien du xvie siècle.

230 — Deux petites statuettes en bronze italien : Hercule et Vénus. Socles en marbres divers.

231 — Curieuse buire orientale formée d'un oiseau en bronze gravé.

232 — Sonnette et un mortier en bronze italien du xvie siècle.

233 — Flacon de Kalian et une coupe à couvercle en métal incrusté d'argent, de travail persan.

234 — Sous ce numéro, divers objets en bronze : coupes, etc.

235 — Buste d'enfant en bronze italien, et buste statuettes, d'empereur en bronze doré.

236 — Diverses pièces : braseros, flambeaux et figures en bronze de la Chine et du Japon.

FERS

237 — Deux pièces : entrée de serrure en fer repoussé, du temps de Louis XIV, et une serrure de coffret Louis XIII en fer gravé.

238 — Une fourchette Louis XIII en fer damasquiné d'or et d'argent et une paire de ciseaux en fer découpé à jour et damasquiné d'or.

239 — Jolie clé de la Renaissance en fer ciselé et découpé à jour, ornée de deux cariatides adossées et debout sur un chapiteau.

240 — Clé du xvie siècle, de forme carrée, en fer repercé à jour.

241 — Deux targettes en fer du xvie siècle, l'une porte les armes de France et le croissant de Diane de Poitiers.

242 — Couteau et fourchette du xviie siècle en fer
gravé, terminés par un pied de cheval.

243 — Couteau et fourchette Louis XIII à manches
en argent, terminés par une tête de chien.

244 — Petit flacon Louis XIV en fer incrusté d'argent.

245 — Étui à missel en fer découpé à jour à quadril-
lage gothique. xve siècle.

246 — Divers objets : cadenas, balance, etc., en fer
forgé.

ORFÈVRERIE

247 — Aiguière en argent repoussé, représentant au
pourtour une scène de naïades et de tritons.
xviie siècle.

248 — Un petit coquetier et une petite boîte en argent gravé du temps de Louis XIV.

249 — Gobelet en argent repoussé à bustes d'empe-
reurs romains.

SCULPTURES

250 — Statuette de Bacchante accroupie, en terre
cuite, dans le goût de Clodion.

251 — Deux petits bustes de négrillons, en marbre
et albâtre de diverses nuances et garnis d'ornements en bronze doré.

252 — Statuette en marbre blanc, d'après l'antique :
Femme accroupie.

253 — Statuette en albâtre, signée de Pradier, 1835 :
Nymphe dansant.

254 — Olifant en ivoire sculpté à buste, cartouches
et ornements.

255 — Étui en forme de barque, en buis sculpté à
figures chinoises. XVIIIe siècle.

OBJETS DE VITRINE

ET OBJETS DIVERS

256 — Coupe ovale en cristal de roche.

257 — Petit vase carré en cristal de roche taillé, sur
socle en porphyre rouge oriental.

258 — Petite pyramide sur socle carré, en cristal de
roche.

259 — Trois pièces en bois sculpté; deux manches
de couteaux, composés chacun d'un groupe
de deux figures et un étui. xviie siècle.

260 — Bas-relief en ivoire sculpté, représentant la
Vierge, Jésus et saint Joseph. xviie siècle.

261 — Boîte à contours en agate rubannée offrant
sur le couvercle quatre insectes gravés en
relief.

262 — Petite boîte ovale en prime d'améthyste et
agate avec monture à charnière en or.

263 — Petite boîte ovale en cristal de roche enfumé et une boîte en agate blonde.

264-265 — Quatre pièces en jade blanc verdâtre de travail chinois : plaque ovale gravée en relief, disque découpé à jour, coupe en forme de fruit ouvert et un poisson chimérique d'applique.

266 — Étui en agate blonde orientale.

267 — Deux fourchettes à manches en porcelaine de Saint-Cloud.

268 — Couteau et fourchette à manches d'agate dans leur gaine en galuchat.

269 — Étui en forme d'œuf en émail de Saxe vert à ornements dorés en relief.

270 — Deux boîtes : l'une ronde, l'autre oblongue, en écaille incrustée d'or, d'argent et de nacre.

271 — Quatre pièces en argent : petite boîte ronde avec médaille, petite boîte plate en argent gravé, un dessus de boîte en argent repoussé sujet Téniers et un étui à ciseaux en nacre et argent.

272 — Petite boîte ovale en argent doré, ornée d'un camée, buste de femme, et d'une intaille sur agate orientale.

273 — Couteau chinois à manche en jade vert dans sa gaine en émail cloisonné.

274 — Coffret en filigrane d'argent.

275-276 — Petit flacon en porcelaine blanche de Chelsea et petit flacon en faïence du Midi, orné de deux mascarons en relief.

277 — Petit buste de Satyre en cornaline sur socle en lapis; petite coupe ovale en agate.

278 — Deux plaques rectangulaires en plomb ciselé : Séduction et Repentir, avec la signature : *Lorthior*, 1801-1803.

279 — Miniature représentant une offrande sur l'autel de l'Amour dans un petit cadre Louis XVI en bronze ciselé et doré.

280 — Vase à piédouche en ivoire sculpté à sujet de bacchanale en bas-relief et garni en argent repoussé.

281 — Petit coffret en ambre avec plaques d'ivoire
sculpté à jeux d'enfants.

282 — Deux coupes avec couvercles en émail de
Chine, fond jaune à ornements arabesques.

283 — Panier en ivoire découpé de travail chinois.

284 — Cippe en ivoire laqué de travail japonais.

285 — Boîte oblongue en émail de Saxe à ornements
en relief et portrait d'une reine.

286 — Petit pitong en cristal de roche sculpté à arbustes. Travail chinois.

287 — Corbeille en filigrane d'argent avec ornements
émaillés. Travail chinois.

288 — Vase à pans de forme ovoïde à piédouche, en
terre rouge de Lorraine, avec monture en
bronze doré.

289 — Grand encrier rectangulaire en marqueterie
d'écaille rouge et cuivre portant les noms
de divers médecins célèbres du temps de
Louis XIV.

290 — Encrier Louis XVI en marbre bleu turquin, garni d'une frise de feuilles de lierre et de moulures en bronze ciselé et doré.

291 — Deux fontaines à thé en cuivre.

292 — Deux flambeaux Louis XIV en bronze argenté.

293-295 — Trois grands et beaux lustres en bronze garnis de cristaux.

TAPISSERIES ET ÉTOFFES

296 — Tapisserie de Bruxelles, représentant une scène tirée de l'histoire de Don Quichotte.

297 — Tapisserie flamande à paysage avec grands arbres, bordure de fleurs et fruits.

298 — Tapisserie flamande à paysage, bordure et fleurs, ornements et perroquets.

299 — Portière en tapisserie de Flandre, paysage avec chaumière derrière un grand arbre et un rosier.

3oo — Panneau en tapisserie de Beauvais du temps
de Louis XV, paysage avec cascade et animaux d'après Oudry.

3o1 — Série de cinq tapisseries de Flandre à sujet de
verdure et d'oiseaux.

3o2 — Panneau en tapisserie d'Arras à verdure et
oiseaux.

3o3 — Portière en tapisserie de Flandre, verdure
avec grands arbres, bordure de fleurs.

3o4 — Deux portières en tapisserie au point à trois
compartiments, entre des colonnes torses et
représentant des personnages Louis XIV à
cheval, des châteaux et des fleurs.

3o5 — Tapisserie du xvie siècle, représentant l'Arche
de Noé.

3o6 — Panneau en tapisserie flamande à verdure,
bordure jaune.

3o7 — Petite tapisserie gothique, représentant trois
musiciens.

3o8 — Trois petits panneaux en tapisserie du xvi^e
siècle, représentant des parterres et des bosquets avec figures.

3o9 — Panneau en tapisserie du xvie siècle, représentant un écusson héraldique.

3io — Petite portière en tapisserie du temps de
Louis XV, représentant une figure allégo-
rique, bordure de fleurs.

3i1 — Petit panneau en tapisserie du xvie siècle :
sujet de chasse dans un bois.

3i2 — Deux lambrequins en tapisserie ; l'un à vases
de fleurs et figures, l'autre à ornements et
singes musiciens.

3i3 — Portière en tapisserie du xve siècle : jardin
avec bosquets.

3i4 — Tapis d'Aubusson.

3i5 — Petit écran en tapisserie de Beauvais du
temps de Louis XV, à vase de fleurs.

316 — Panneau en tapisserie rehaussée d'or : tête de
guerrier romain.

317 — Tableau en tapisserie à bouquet de fleurs.

318 — Écran en tapisserie Renaissance, à figures.

319 — Chaise Louis XIII, garnie de tapisserie à
fleurs.

320 — Deux chaises Louis XIII, garnies de tapisserie
verdure.

321 — Couvre-lit en damas de soie.

322 — Bordure en tapisserie de Bruxelles à fleurs,
mesurant environ 6 mètres 40.

323 — Petit tapis carré en tapisserie rehaussée d'or,
à fleurs et perroquets.

324 — Petit tableau en tapisserie de Beauvais, oiseaux
dans un paysage.

325 — Panneau carré en soie saumon brochée or et
argent. Époque Louis XV.

326 — Panneau carré en soie brodée à fleurs en or et argent.

327 — Tablier de Madone en satin blanc brodé d'or.

328 — Morceau de toile brodée à fleurs en soie, or et argent, du xvie siècle.

329 — Deux chapes en dauphine brochée.

RED. :

16

MIRE ISO N° 1
NF Z 43-007
AFNOR
Cedex 7 - 92080 PARIS-LA-DÉFENSE

379.89.70
graphicom

0 1 2 3 4 5 6 7 8 9 10

BIBLIOTHEQUE
NATIONALE
DE FRANCE
****

CHATEAU
DE
SABLE
1996